Siyah Adam

Siyah Adam

ALDIVAN TORRES

Emily Cravalho

aldivan teixeira torres

CONTENTS

1 | 1

1

"Siyah adam"
Aldivan Torres
Emily Andrade Cravalho
Siyah adam

Kursu veren: Aldivan Torres
Emily Andrade Cravalho
2020- Emily Andrade Cravalho
Her hakkı saklıdır
Seri: Sapık Kız Kardeşler

Bu kitabın tüm bölümleri dahil telif hakkı saklıdır ve yazarın izni olmadan çoğaltılamaz, yeniden satılamaz veya devredilemez.

__Brezilya doğumlu Emily Andrade Cravalho bir edebiyat sanatçısıdır. Yazıları ile halkı memnun edecek ve onu zevklere götürecek sözler veriyor. Sonuçta seks, var olan en iyi şeylerden biridir.
Özveri ve teşekkür
Bu erotik diziyi benim gibi tüm seks severlere ve sapıklara ithaf ediyorum. Tüm çılgın beyinlerin beklentilerini karşılamayı umuyorum. Bu çalışmaya burada Amelinha, Belinha ve arkadaşlarının tarih yazacağına inanarak başlıyorum. Daha fazla uzatmadan okuyucularıma sıcak bir kucaklaşma.
İyi okuma ve bol eğlence.
Sevgiyle, yazar.

ALDIVAN TORRES

Sunum

Amelinha ve Belinha, Pernambuco'nun iç kesimlerinde doğup büyüyen iki kız kardeştir. Çiftçi babaların kızları, köy hayatının şiddetli zorluklarıyla yüzlerinde bir gülümsemeyle nasıl yüzleşeceklerini çok erken biliyorlardı. Bununla kişisel fetihlerine ulaşıyorlardı. İlki bir kamu maliyesi denetçisi, diğeri ise daha az zeki olan, Arcoverde'de belediye temel eğitim öğretmenidir.

Profesyonel olarak mutlu olmalarına rağmen, ikili ilişkilerle ilgili ciddi ve kronik bir problem yaşıyor çünkü prenslerini hiçbir zaman çekici bulmamışlar ki bu her kadının hayalidir. En büyüğü Belinha bir süre bir erkekle yaşamaya geldi. Ancak, küçük kalbindeki onarılamaz travmalara neden olan şeylere ihanet edildi. Yollarını ayırmaya zorlandı ve bir erkek yüzünden bir daha asla acı çekmeyeceğine söz verdi. Amelinha, zavallı şey, kendimizi nişan bile alamıyor. Amelinha ile kim evlenmek ister? Arsız esmer, sıska, orta boylu, bal rengi gözleri, orta kalçalı, karpuz gibi göğüsleri, büyüleyici bir gülümsemenin ötesinde tanımlanmış bir göğsüdür. Hiç kimse onun gerçek sorununun ne olduğunu ya da her ikisini birden bilmiyor.

Kişilerarası ilişkileriyle ilgili olarak, aralarında sır paylaşmaya çok yakındırlar. Belinha bir alçak tarafından ihanete uğradığından, Amelinha kız kardeşinin acısını çekti ve aynı zamanda erkeklerle oynamaya koyuldu. İkili, "Sapık Kız Kardeşler" olarak bilinen dinamik bir ikili oldu. Buna rağmen erkekler oyuncakları olmayı severler. Bunun nedeni, bir an için bile Belinha ve Amelinha'yı sevmekten daha iyi bir şey olmamasıdır. Hikayelerini birlikte öğrenelim mi?

Siyah adam

Amelinha ve Belinha'nın yanı sıra büyük profesyoneller ve sevgililer, sosyal ağlara entegre edilmiş güzel ve zengin kadınlardır. Cinsiyete ek olarak, arkadaş edinmeye de çalışırlar.

Bir keresinde bir adam sanal sohbete girdi. Lakabı "Kara Adam" idi. Şu anda, siyah erkekleri sevdiği için çok geçmeden titredi. Efsaneye göre tartışmasız bir çekicilikleri var.

- Merhaba güzel! - Kutsanmış zenciyi aradın.
- Merhaba, her şey yolunda mı? - İlgi çekici Belinha'ya cevap verdi.
- Her şey iyi. İyi geceler!
- İyi geceler. Siyahları seviyorum!
- Bu şimdi beni derinden etkiledi! Ancak bunun özel bir nedeni var mı? Adın ne?
- Nedeni kız kardeşim ve ben erkeklerden hoşlanıyorum, ne demek istediğimi anlıyorsan. Adından da anlaşılacağı gibi, burası çok özel bir ortam olmasına rağmen, saklayacak hiçbir şeyim yok. Benim adım Belinha. Tanıştığımıza memnun oldum.
- O zevk bana ait. Benim adım Flavius ve ben çok iyiyim!
- Onun sözlerinde sertlik hissettim. Yani sezgim doğru mu?
- Buna şimdi cevap veremem çünkü bu tüm gizemi sona erdirir. Kız kardeşinin adı ne?
- Onun adı Amelinha.
- Amelinha! Güzel isim! Kendinizi fiziksel olarak tanımlayabilir misiniz?
- Sarışınım, uzun boylu, güçlü, uzun saçlı, büyük popolu, orta göğüslü ve heykelsi bir vücudum var. Ya sen?
- Siyah renkli, bir metre seksen santimetre boyunda, güçlü, benekli, kolları ve bacakları kalın, düzgün, yanmış saçlar ve belirgin yüzler.
- Beni tahrik ediyorsun beni azdırıyorsun beni baştan çıkarıyorsun!
- Endişelenme. Beni tanıyan, asla unutmayan.
- Şimdi beni delirtmek mi istiyorsun?
- Bunun için üzgünüm bebeğim! Sadece sohbetimize biraz çekicilik katmak için.
- Kaç yaşındasınız?

- Yirmi beş yıl ve seninki?
- Ben otuz sekiz yaşındayım ve kız kardeşim otuz dört yaşındayım. Yaş farkına rağmen çok yakınız. Çocuklukta zorlukların üstesinden gelmek için birleştik. Gençken hayallerimizi paylaşıyorduk. Ve şimdi, yetişkinlikte başarılarımızı ve hayal kırıklıklarımızı paylaşıyoruz. Onsuz yaşayamam.
- Harika! Bu hissin çok güzel. İkinizle de tanışma isteği duyuyorum. Senin kadar yaramaz mı?
- İyi bir şekilde, yaptığı işte en iyisi o. Çok zeki, güzel ve kibar. Avantajım, daha zekiyim.
- Ama bunda bir sorun görmüyorum. İkisini de severim.
- Gerçekten sevdin mi? Biliyorsun, Amelinha özel bir kadın. Kız kardeşim olduğu için değil, kocaman bir kalbi olduğu için. Hiç damat olmadığı için ona biraz üzülüyorum. Onun hayalinin evlenmek olduğunu biliyorum. Arkadaşım tarafından ihanete uğradığım için ayaklanmaya katıldı. O zamandan beri sadece hızlı ilişkiler arıyoruz.
- Tamamen anlıyorum ben de bir sabıkım. Ancak özel bir sebebim yok. Ben sadece gençliğimden zevk almak istiyorum. Harika insanlara benziyorsun.
- Çok teşekkür ederim. Gerçekten Arcoverde'den misin?
- Evet, şehir merkezindeyim. Ya sen?
- Umut mahallesinden.
- Harika. Yalnız mı yaşıyorsun?
- Evet. Otobüs durağına yakın.
- Bugün bir erkeği ziyaret edebilir misin?
- Çok isteriz. Ama ikisini birden halletmelisin. Tamam?
- Endişelenme aşkım. Üçe kadar idare edebilirim.
- Ah evet! Doğru!
- Hemen orada olacağım. Yeri açıklar mısın?
- Evet. Benim için zevk olacak.
- Nerede olduğunu biliyorum. Ben oraya geliyorum!

Siyah adam odayı ve Belinha'yı da terk etti. Bundan faydalandı ve kız kardeşiyle tanıştığı mutfağa taşındı. Amelinha akşam yemeğinde kirli bulaşıkları yıkıyordu.
- Sana iyi geceler Amelinha. İnanmayacaksın. Bil bakalım kim geliyor?
- Hiçbir fikrim yok kardeşim. DSÖ?
- Flavius. Onunla sanal sohbet odasında tanıştım. Bugün bizim eğlencemiz olacak.
- Neye benziyor?
- Kara Adam. Hiç durup güzel olabileceğini düşündün mü? Zavallı adam neler yapabileceğimizi bilmiyor!
- Gerçekten öyle abla! Onu bitirelim.
- Benimle düşecek! - Said Belinha.
- Hayır! Benimle Yanıtlanacak Amelinha.
- Kesin olan bir şey var: Birimiz ile düşecek- Belinha sözünü bitirdi.
- Bu doğru! Yatak odasındaki her şeyi hazırlasak nasıl olur?
- İyi bir fikir. Sana yardım edeceğim!

İki doyumsuz bebek, erkeğin gelişi için her şeyi organize ederek odaya gitti. Bitirir bitirmez zilin çaldığını duyarlar.
- O mu abla? - Amelinha'ya sordu.
- Hadi birlikte kontrol edelim! - Belinha'yı davet etti.
- Haydi! Amelinha kabul etti.

İki kadın adım adım yatak odası kapısını geçip yemek odasını geçtikten sonra oturma odasına ulaştı. Kapıya yürüdüler. Açtıklarında Flavius'un çekici ve erkeksi gülümsemesiyle karşılaşırlar.
- İyi geceler! Tamam? Ben Flavius'um.
- İyi geceler. Rica ederim. Ben seninle bilgisayarda konuşan Belinha ve yanımdaki bu tatlı kız kardeşim.
- Tanıştığımıza memnun oldum Flavius! - Amelinha dedi.
- Tanıştığıma memnun oldum. Girebilir miyim?
- Elbette! - İki kadın aynı anda cevap verdi.

Aygır, dekorun her ayrıntısını gözlemleyerek odaya erişebiliyordu. O kaynayan zihinde neler oluyordu? Bu kadın örneklerin her biri ona özellikle dokundu. Kısa bir süre sonra, iki fahişenin gözlerine derinlemesine baktı ve şöyle dedi:

- Yapmaya geldiğim şeye hazır mısın?
- Hazır-sevgilileri onayladı!

Üçlü sert bir şekilde durdu ve evin büyük odasına doğru uzun bir yol yürüdü. Kapıyı kapatarak, cennetin birkaç saniye içinde cehenneme gideceğinden emindiler. Her şey mükemmeldi: Havluların düzeni, seks oyuncakları, tavandaki televizyonda oynayan porno film ve canlı romantik müzik. Harika bir akşamın keyfini hiçbir şey alamaz.

İlk adım yatağın yanında oturmaktır. Siyah adam, iki kadının kıyafetlerini çıkarmaya başladı. Cinsel istek ve susuzlukları o kadar büyüktü ki, o tatlı bayanlarda biraz endişeye neden oldular. Spor salonunda günlük egzersizle göğüs ve karın bölgesinin iyi çalıştığını gösteren gömleğini çıkarıyordu. Bu bölgenin her yerindeki ortalama tüyleriniz kızlardan iç çekiyor. Daha sonra Box iç çamaşırının görülebilmesi için pantolonunu çıkardı ve sonuç olarak hacmini ve erkekliğini gösterdi. Bu sırada organa dokunmalarına izin vererek onu daha dik hale getirdi. Sır olmadan, Tanrı'nın ona verdiği her şeyi göstererek iç çamaşırını bir kenara attı.

Yirmi iki santimetre uzunluğundaydı ve onları çıldırtacak kadar on dört santimetre çapındaydı. Zaman kaybetmeden üzerine düştüler. Ön sevişmeyle başladılar. Biri ağzına aletini yutarken, diğeri skordum torbalarını yaladı. Bu operasyonda üç dakika oldu. Sekse tamamen hazır olacak kadar uzun.

Sonra tercih etmeden birine ve sonra diğerine girmeye başladı. Mekiğin sık temposu, hareketin ardından inlemelere, çığlıklara ve çoklu orgazmlara neden oldu. Otuz dakikalık vajinal seksti. Her biri yarım. Sonra oral ve anal seks ile sonlandırdılar.

Ateş

Pernambuco'nun tüm arka ağaçlarının başkentinde soğuk, karanlık ve yağmurlu bir geceydi. Ön rüzgarların saatte 100 kilometreye ulaştığı, zavallı kız kardeşler Amelinha ve Belinha'yı korkutan anlar oldu. İki sapık kız kardeş, Umut semtindeki sade konutlarının oturma odasında buluştu. Yapacak hiçbir şeyi olmadan, genel şeyler hakkında mutlu bir şekilde konuştular.

- Amelinha, çiftlik ofisinde günün nasıldı?
- Aynı eski şey: Vergi ve gümrük idaresinin vergi planlamasını organize ettim, vergilerin ödenmesini yönettim, vergi kaçakçılığının önlenmesi ve mücadelesinde çalıştım. Zor iş ve sıkıcı. Ama ödüllendirici ve iyi para kazanıyor. Ya sen? Okuldaki rutinin nasıldı? - Amelinha'ya sordu.
- Sınıfta öğrencilere rehberlik eden içerikleri en iyi şekilde geçtim. Hataları düzelttim ve sınıfı rahatsız eden öğrencilerin iki cep telefonunu aldım. Ayrıca davranış, duruş, dinamikler ve faydalı tavsiyeler konusunda dersler verdim. Her neyse, öğretmen olmanın yanı sıra, ben onların annesiyim. Bunun kanıtı, ara verdiğimde öğrencilerin sınıfına sızdım ve onlarla birlikte seksek. Benim görüşüme göre, okul bizim ikinci evimiz ve ondan edindiğimiz dostluklara ve insan bağlantılarına bakmalıyız, diye cevapladı Belinha.
- Harika, küçük kardeşim. Çalışmalarımız harika çünkü insanlar arasında önemli duygusal ve etkileşim yapıları sağlıyorlar. Psikolojik ve finansal kaynaklarla analiz edilmiş Amelinha olmadan, hiçbir insan yalnız yaşayamaz.
- Katılıyorum. Belinha, "Toplumumuzda hüküm süren cinsiyetçi imparatorluktan bizi bağımsız kıldığı için çalışmak bizim için çok önemlidir" dedi.
- Kesinlikle. Değerlerimize ve tutumlarımıza devam edeceğiz. İnsan sadece yatakta iyidir- Amelinha gözlemledi.
- Erkeklerden bahsetmişken, Christian hakkında ne düşünüyorsun? - Belinha sordu.

- Beklentilerimi karşıladı. Böyle bir deneyimden sonra, içgüdülerim ve zihnim her zaman daha fazla iç tatminsizlik yaratmayı ister. Senin görüşün nedir? - Amelinha'ya sordu.

- İyiydi ama ben de senin gibi hissediyorum: eksik. Aşk ve seksten kuruyum. Daha fazlasını istiyorum. Bugün için neyimiz var? - Said Belinha.

- Fikirler tükendi. Gece soğuk, karanlık ve karanlık. Dışarıdaki gürültüyü duyuyor musun? Çok yağmur, kuvvetli rüzgâr, şimşek ve gök gürültüsü var. Korkuyorum! - Dedi Amelinha.

- Ben de! - Belinha itiraf etti.

Şu anda, Arcoverde boyunca gök gürültülü bir şimşek duyuluyor. Amelinha, acı ve umutsuzluk çığlıkları atan Belinha'nın kucağına atlar. Aynı zamanda, elektrik eksikliği ikisini de çaresiz hale getiriyor.

- Şimdi ne var? Belinha ne yapacağız? - Amelinha'ya sordu.
- Çekil üstümden, kaltak! Mumları alacağım! - Said Belinha.

Belinha, mutfağa gitmek için duvarları el yordamıyla hareket ettirirken kız kardeşini yavaşça kanepenin yan tarafına itti. Ev nispeten küçük olduğu için bu işlemi tamamlamak uzun sürmüyor. İncelikle, dolabın içindeki mumları alır ve sobanın üzerine stratejik olarak yerleştirilmiş kibritlerle yakar.

Mumun yakılmasıyla, yüzünde gizemli bir gülümsemeyle kız kardeşiyle tanıştığı odaya sakince geri döner. Ne yapıyordu?

- Havalandırabilirsin kardeşim! Bir şey düşündüğünü biliyorum- Dedim Belinha.
- Ya şehir itfaiyesini yangın uyarısı yaparsak? Said Amelinha.
- Şunu açıklığa kavuşturayım. Bu adamları cezbetmek için kurgusal bir ateş mi icat etmek istiyorsunuz? Ya tutuklanırsak? - Belinha korkmuştu.
- Meslektaşım! Eminim sürprizi seveceklerdir. Böyle karanlık ve sıkıcı bir gecede yapmaları gereken daha iyi ne olabilir? - dedi Amelinha.
- Haklısın. Eğlence için sana teşekkür edecekler. İçimizden bizi tüketen ateşi kıracağız. Şimdi soru geliyor: Onları arayacak cesareti kim olacak? - diye sordu Belinha.

- Ben çok utangacım. Bu görevi sana bırakıyorum kardeşim Said Amelinha.
- Her zaman ben. Tamam. Ne olursa olsun, Belinha sözlerini tamamladı.

Belinha koltuktan kalkarken cep telefonunun kurulu olduğu köşedeki masaya gidiyor. İtfaiyenin acil durum numarasını arar ve cevaplanmayı beklemektedir. Birkaç dokunuştan sonra, diğer taraftan konuşan derin, sert bir ses duyar.
- İyi geceler. Bu itfaiye teşkilatı. Ne istiyorsun?
- Benim adım Belinha. Burada, Arcoverde'de Umut mahallesinde yaşıyorum. Kız kardeşim ve ben bu yağmurdan dolayı çaresiziz. Burada evimizde elektrikler çıktığında kısa devreye neden olarak nesneleri ateşe vermeye başladı. Neyse ki kız kardeşim ve ben dışarı çıktık. Yangın yavaş yavaş evi tüketiyor. İtfaiyecilerin yardımına ihtiyacımız var- kızını üzdüğünü söyledi.
- Sakin ol dostum. Yakında orada olacağız. Bulunduğunuz yer hakkında detaylı bilgi verir misiniz? - İtfaiyeciye nöbetçi sordu.
- Evim tam olarak Merkez cadde 'da sağdaki üçüncü ev. Bu sizin için uygun mu?
- Nerede olduğunu biliyorum. Birkaç dakika içinde orada olacağız. Sakin ol- İtfaiyeci söyledi.
- Bekliyoruz. Teşekkür ederim! - Teşekkür ederim Belinha.

Geniş bir sırıtışla kanepeye dönen ikisi, yaptıkları eğlenceyle yastığını bıraktı ve homurdandı. Ancak, onlar gibi iki fahişe olmadıkça bunu yapmanız önerilmez.

Yaklaşık on dakika sonra kapının çalındığını duydular ve cevap vermeye gittiler. Kapıyı açtıklarında, her biri kendine özgü güzelliğe sahip üç büyülü yüzle karşılaştılar. Biri siyah, altı fit uzunluğunda, bacakları ve kolları orta boydu. Bir diğeri karanlık, bir metre ve doksan boyunda, kaslı ve heykelsi idi. Üçüncüsü beyaz, kısa, zayıf ama çok düşkündü. Beyaz çocuk kendini tanıtmak istiyor:

- Merhaba bayanlar, iyi geceler! Benim adım Roberto. Yan taraftaki bu adamın adı Matthew ve kahverengi adam, Philip. İsimleriniz nedir ve ateş nerede?
- Ben Belinha, seninle telefonda konuştum. Bu esmer kız kardeşim Amelinha. İçeri gelin ve size açıklayayım.
- Tamam- Üç itfaiyeciyi aynı anda yakaladılar.

Beşli eve girdi ve elektrik geldiği için her şey normal görünüyordu. Kızlarla birlikte oturma odasındaki kanepeye yerleşirler. Şüpheli, sohbet ediyorlar.
- Yangın bitti, değil mi? - Matthew sordu.
- Evet. Amelinha'nın açıkladığı büyük bir çaba sayesinde zaten kontrol ediyoruz.
- Yazık! Çalışmak istiyordum. Orada kışlada rutin çok monoton- dedi Felipe.
- Bir fikrim var. Daha zevkli bir şekilde çalışmaya ne dersiniz? - Belinha önerdi.
- Yani düşündüğüm şey sen misin? - Filibe'yi sorguladı.
- Evet. Biz zevki seven bekar kadınlarız. Eğlence havasında mısınız? - diye sordu Belinha.
- Sadece şimdi gidersen, cevap verdi siyah adam.
- Ben de Brown Adam'ı onayladım.
- Bekle beni- Beyaz çocuk müsait.
- Öyleyse, hadi kızlar dedin.

Beşli, bir çift kişilik yatağı paylaşarak odaya girdi. Sonra seks alemine başladı. Belinha ve Amelinha sırayla üç itfaiyecinin zevkine katıldı. Her şey büyülü görünüyordu ve onlarla birlikte olmaktan daha iyi bir his yoktu. Çeşitli hediyelerle, mükemmel bir resim oluşturan cinsel ve konumsa farklılıklar yaşadılar.

Kızlar, bu profesyonelleri çılgına çeviren cinsel şevklerinde doyumsuz görünüyorlardı. Geceyi seks yaparak geçirdiler ve zevk hiç bitmeyecek gibiydi. İşten acil bir çağrı gelene kadar ayrılmadılar. İstifa ettiler ve polis raporunu yanıtlamaya gittiler. Öyle bile olsa, "Sapık Kız Kardeşler" ile birlikte o harika deneyimi asla unutmazlar.

Tıbbi danışma

Güzel taşra başkentinde doğdu. Genellikle iki sapık kız kardeş erken uyanıyordu. Ancak ayağa kalktıklarında kendilerini iyi hissetmediler. Amelinha hapşırırken, kız kardeşi Belinha biraz boğulmuş hissetti. Bu gerçekler muhtemelen önceki gece Virginia Savaş Meydanı'nda içtikleri, ağzından öpüştükleri ve sakin gecede ahenkli bir şekilde homurdandıkları bir geceden geldi.

Kendilerini iyi hissetmediklerinden ve hiçbir şeye karşı güçleri olmadığından, ne yapacaklarını düşünerek kanepede oturdular çünkü mesleki taahhütler çözülmeyi bekliyordu.

- Ne yapacağız abla? Tamamen nefessiz kaldım ve bitkin- Said Belinha.
- Bana bundan bahset! Başım ağrıyor ve virüs kapmaya başlıyorum. Kaybolduk! - Dedi Amelinha.
- Ama bunun işi kaçırmak için bir sebep olduğunu sanmıyorum! İnsanlar bize güveniyor! - Said Belinha
- Sakin olun, panik yapmayalım! Güzelliğe katılsak nasıl olur? - Önerilen Amelinha.
- Bana ne düşündüğümü düşündüğünü söyleme .... - Belinha şaşırmıştı.
- Doğru. Hadi birlikte doktora gidelim! İşi özlemek için harika bir neden olacak ve istediğimizi kim bilebilir ki! - Said Amelinha
- İyi fikir! Peki ne bekliyoruz? Hadi hazırlanalım! - diye sordu Belinha.
- Haydi! - Amelinha kabul etti.

İkili, kendi muhafazalarına gitti. Karar konusunda çok heyecanlandılar; hasta bile görünmediler. Hepsi onların icadı mıydı? Affet beni okuyucu, sevgili dostlarımızı kötü düşünmeyelim. Bunun yerine, hayatlarının bu heyecan verici yeni bölümünde onlara eşlik edeceğiz.

Yatak odasında kendi süitlerinde banyo yaptılar, yeni kıyafetler ve ayakkabılar giydiler, uzun saçlarını taradılar, Fransız parfümü sürdüler ve sonra mutfağa gittiler. Orada iki somun ekmeği dolduran yumurta ve peyniri parçaladılar ve soğutulmuş meyve suyuyla yediler. Her şey çok lezzetliydi. Öyle bile olsa, doktor randevusu önündeki endişe ve gerginlik devasa olduğu için bunu hissetmiyor gibilerdi.

Her şey hazır, evden çıkmak için mutfaktan çıktılar. Tamamen yeni bir deneyimde attıkları her adımda, küçük kalpleri duygu düşünceleriyle zonkluyordu. Hepsi ne mutlu! İyimserlik onları ele geçirdi ve başkaları tarafından takip edilecek bir şeydi!

Evin dışında garaja giderler. Kapıyı iki denemede açarlar, mütevazı kırmızı arabanın önünde dururlar. Arabalardan zevk almalarına rağmen, Brezilya'nın hemen hemen tüm bölgelerinde var olan yaygın şiddetten korktukları için popüler olanları klasiklere tercih ettiler.

Kızlar gecikmeden nazikçe çıkışı vererek arabaya giriyor ve ardından bir tanesi garajı kapatarak hemen ardından arabaya geri dönüyor. Arabayı kullanan, zaten on yıllık deneyime sahip Amelinha. Belinha'nın araba kullanmasına henüz izin verilmiyor.

Evleriyle hastane arasındaki çok kısa yol güvenlik, uyum ve huzur içinde yapılır. O anda, her şeyi yapabileceklerine dair yanlış bir duyguya kapıldılar. Çelişkili bir şekilde, onun kurnazlığından ve özgürlüğünden korkuyorlardı. Kendileri yapılan eylemlere şaşırdılar. Onlara sürtük iyi piçler denilmesinden başka bir şey değildi!

Hastaneye geldiklerinde randevu ayarladılar ve çağrılmayı beklediler. Bu zaman aralığında, sevgili cinsel hizmetkarları ile mobil uygulama üzerinden atıştırmalık yapma ve mesaj alışverişi yapma avantajından yararlandılar. Bunlardan daha alaycı ve neşeli olmak imkansızdı!

Bir süre sonra görünme sırası onlara gelir. Ayrılmaz, bakım ofisine girerler. Bu olduğunda, doktor neredeyse kalp krizi geçiriyor. Önlerinde nadir görülen bir adam parçası vardı: Uzun boylu, bir metre doksan santimetre boyunda, sakallı, at kuyruğu oluşturan saçlar, kaslı kollar ve göğüsler, melek görünümlü doğal yüzler. Daha bir tepki taslağı oluşturmadan önce davet ediyor:

- İkiniz de oturun!
- Teşekkür ederim! - İkisini de söylediler.

İkisinin çevrenin hızlı bir analizini yapmak için zamanları var: Servis masasının önünde, doktor, oturduğu sandalye ve bir dolabın arkasında. Sağ tarafta bir yatak. Duvarda, yazar Cândido Portinari'nin kırsal kesimden gelen adamı tasvir eden dışavurumcu resimleri. Kızları rahat bırakan atmosfer çok rahat. Gevşeme atmosferi, konsültasyonun resmi yönü tarafından bozulur.
- Bana ne hissettiğinizi söyleyin kızlar!
Bu kızlara gayri resmi geldi. O sarışın adam ne kadar tatlıydı! Yemek çok lezzetli olmalı.
- Baş ağrısı, isteksizlik ve virüs! - Amelinha'ya söyledim.
- Nefessiz ve yorgunum! - Belinha'yı aldı.
- Tamam! Bir bakayım! Yatağa uzan! - Doktor sordu.

Fahişeler bu istek üzerine zar zor nefes alıyorlardı. Profesyonel, giysilerinin bir kısmını çıkararak onları çeşitli yerlerinde hissettirerek üşüme ve soğuk terlemeye neden oldu. Görevli onlarla ciddi bir şey olmadığını anlayınca şaka yaptı:
- Hepsi mükemmel görünüyor! Neden korkmalarını istiyorsunuz? Kıçına bir iğne mi?
- Onu seviyorum! Büyük ve kalın bir enjeksiyon ise daha da iyi! - Said Belinha.
- Yavaş mı başvuracaksın aşkım? - Dedi Amelinha.
- Zaten çok fazla istiyorsun! - Kiniyseniz not etti.

Kapıyı dikkatlice kapatarak vahşi bir hayvan gibi kızların üzerine düşer. İlk önce, giysilerin geri kalanını bedenlerden çıkarır. Bu, libidosunu daha da keskinleştirir. Tamamen çıplak olarak, o heykelsi yaratıklara bir an hayranlık duyuyor. O halde gösteriş sırası onda. Elbiselerini çıkardıklarından emin olur. Bu, grup arasındaki etkileşimi ve samimiyeti artırır.

Her şey hazır haldeyken, seksin ön hazırlıklarına başlarlar. Sarışın anüs, eşek ve kulak gibi hassas kısımlarda dili kullanmak her iki kadında da mini zevk orgazmlarına neden olur. Birisi kapıyı çalmaya devam ettiğinde bile her şey yolunda gidiyordu. Çıkış yolu yok, cevap vermeli.

Biraz yürür ve kapıyı açar. Bunu yaparken nöbetçi hemşireyle karşılaşır: ince bacaklı ve çok alçak olan ince bir melez.

- Doktor, bir hastanın ilacı hakkında bir sorum var: Beş mi yoksa üç yüz miligram Aspirin mu? - Roberto 'ya bir tarif göstermesini istedi.
- Beş yüz! - Onaylandı Alex.

Bu anda hemşire saklanmaya çalışan çıplak kızların ayaklarını gördü. İçten güldü.

- Biraz şaka yapıyorsun, ha Doktor? Arkadaşlarını bile arama!
- Affedersiniz! Çeteye katılmak ister misin?
- İsterdim!
- O zaman gel!

İkili, arkalarından kapıyı kapatarak odaya girdi. Melez çabucak giysilerini çıkardı. Tamamen çıplak, uzun, kalın, damarlı direğini bir kupa olarak gösterdi. Belinha çok sevindi ve kısa süre sonra ona oral seks yapmaya başladı. Alex ayrıca Amelinha'nın kendisiyle aynı şeyi yapmasını istedi. Ağızdan sonra anal yapmaya başladılar. Bu bölümde Belinha, hemşirenin canavar horozuna tutunmayı çok zor buldu. Ama deliğe girdiğinde, onların zevki muazzamdı. Öte yandan penisleri normal olduğu için herhangi bir zorluk yaşamadılar.

Sonra çeşitli pozisyonlarda vajinal seks yaptılar. Boşlukta ileri geri hareketi içlerinde halüsinasyonlara neden oldu. Bu aşamadan sonra, dörtlü bir grup seksinde birleşti. Kalan enerjilerin harcandığı en iyi deneyimdi. On beş dakika sonra ikisi de satıldı. Kız kardeşler için seks asla sona ermeyecekti, ancak bu erkeklerin zayıflığına saygı duyulduğu için iyi. İşlerini aksatmak istemeyerek, yaptıkları işin gerekçe belgesini ve kişisel telefonlarını almayı bıraktılar. Hastane geçişi sırasında kimsenin dikkatini çekmeden tamamen sakin bir şekilde ayrıldılar.

Otoparka vardıklarında arabaya girdiler ve geri dönmeye başladılar. Mutlu oldukları gibi, bir sonraki cinsel yaramazlıklarını çoktan düşünüyorlardı. Sapık kız kardeşler gerçekten bir şeydi!

Özel ders

Diğerleri gibi bir öğleden sonraydı. İşten yeni gelenler, sapık kız kardeşler ev işleri ile meşguldü. Tüm görevleri bitirdikten sonra biraz dinlenmek için odada toplandılar. Amelinha bir kitap okurken, Belinha en sevdiği web sitelerine göz atmak için mobil interneti kullandı.

Bir noktada, ikinci odada yüksek sesle çığlık atıyor ve bu da kız kardeşini korkutuyor.

-Ne var kızım? Sen deli misin? - Amelinha'ya sordu.

- Minnettar bir sürprizle bilgilendirilen Belinha ile yarışmaların web sitesine yeni girdim.

-Bana daha fazlasını anlat!

-Federal bölge mahkemesinin kayıtları açık. Yapalım mı?

-İyi çağrı, kardeşim! Maaş nedir?

-On binden fazla ilk dolar.

-Çok iyi! Benim işim daha iyi. Ancak yarışmaya katılacağım çünkü kendimi başka etkinlikler için hazırlıyorum. Bir deney görevi görecek.

-Çok iyi yapıyorsun! Beni cesaretlendiriyorsun Şimdi, nereden başlayacağımı bilmiyorum. Bana ipucu verebilir misin?

-Sanal bir kurs satın alın, test sitelerinde birçok soru sorun, önceki testleri yapın ve yeniden yapın, özetler yazın, ipuçlarını izleyin ve diğer şeylerin yanı sıra internetten iyi materyaller indirin.

-Teşekkür ederim! Tüm bu tavsiyeleri alacağım! Ama daha fazlasına ihtiyacım var. Bak kardeşim, paramız olduğuna göre, özel ders için para ödemeye ne dersin?

-Bunu düşünmemiştim. Bu iyi bir fikir! Yetkili bir kişi için herhangi bir öneriniz var mı?

-Telefon rehberimde Arcoverde'den çok yetkin bir öğretmenim var. Resmine bak!

Belinha, kız kardeşine cep telefonunu verdi. Çocuğun resmini görünce çok mutlu oldu. Yakışıklı yanında zekiydi! Yararlı olana hoş olana katılması çiftin mükemmel bir kurbanı olurdu.

-Biz ne bekliyoruz? Yakala onu kardeş! Yakında çalışmalıyız. - Amelinha dedi.

-Aldın! - Belinha kabul etti.

Kanepeden kalkarken, sayısal tuş takımındaki telefonun numaralarını çevirmeye başladı. Çağrı yapıldıktan sonra yanıtlanması yalnızca birkaç dakika sürecektir.

-Merhaba. İyi misin?

- Her şey harika, Renato.

-Siparişleri gönderin.

-Federal bölgesel mahkeme yarışması için başvuruların açık olduğunu keşfettiğimde internette sörf yapıyordum. Aklımı hemen saygın bir öğretmen olarak adlandırdım. Okul sezonunu hatırlıyor musun?

-O zamanı çok iyi hatırlıyorum. Geri dönmeyenlere iyi günler!

-Doğru! Bize özel ders verecek vaktiniz var mı?

- Ne konuşma, genç bayan! Senin için her zaman vaktim var! Hangi tarihi belirleyeceğiz?

-Yarın 2'de yapabilir miyiz? Başlamamız gerek!

-Tabii ki yaparım! Yardımımla, alçakgönüllülükle, geçme şansının inanılmaz derecede arttığını söylüyorum.

-Bundan eminim!

-Ne kadar iyi! Beni bekleyebilirsin 2: 00'de.

-Çok teşekkür ederim! Yarın görüşürüz!

-Sonra görüşürüz!

Belinha telefonu kapattı ve arkadaşına bir gülümseme çizdi. Cevaptan şüphelenen Amelinha sordu:

-Nasıl gitti?

-Kabul etti. Yarın saat 2'de burada olacak.

-Ne kadar iyi! Sinirler beni öldürüyor!

- Sakin ol kardeşim! Düzelecek.

-Âmin!

- Akşam yemeği hazırlayalım mı? Ben zaten açım!

- İyi hatırladım!

İkili, oturma odasından diğer aktivitelerin yanı sıra keyifli bir ortamda konuştuğu, oynadığı, pişirildiği mutfağa gitti. Acı ve yalnızlığın birleştiği örnek kız kardeş figürleriydi. Seks konusunda piç oldukları gerçeği onları daha da nitelikli hale getirdi. Hepinizin bildiği gibi, Brezilyalı kadının sıcak kanı var.

Kısa bir süre sonra, masanın etrafında kardeşleşiyorlar, yaşam ve onun değişimleri hakkında düşünüyorlardı.

-Bu lezzetli tavuk yerken, siyah adamı ve itfaiyecileri hatırlıyorum! Hiç geçmeyen anlar! - Belinha dedi!

- Bana ondan bahset! Bu adamlar çok lezzetli! Hemşire ve doktordan bahsetmeye bile gerek yok! Ben de sevdim! - Hatırlanan Amelinha!

- Yeterince doğru, kardeşim! Güzel bir direğe sahip olmak her erkeğin hoşuna gider! Feministler beni affetsin!

- Bu kadar radikal olmamıza gerek yok ...!

İkili gülüyor ve masadaki yemeği yemeye devam ediyor. Bir an için başka hiçbir şeyin önemi yoktu. Dünyada yalnız görünüyorlardı ve bu onları güzellik ve sevgi tanrıçaları olarak nitelendirdi. Çünkü en önemli şey iyi hissetmek ve özgüvene sahip olmaktır.

Kendilerine güvenerek aile ritüeline devam ederler. Bu aşamanın sonunda internette geziniyor, oturma odasındaki müzik setinde müzik dinliyor, pembe diziler ve daha sonra bir porno film izliyorlar. Bu telaş onları nefessiz ve yorgun bırakarak onları kendi odalarında dinlenmeye zorlar. Ertesi günü hevesle bekliyorlardı.

Derin bir uykuya dalmaları uzun sürmeyecek. Kabusların dışında gece ve şafak normal aralıkta gerçekleşir. Şafak gelir gelmez kalkarlar ve normal rutini izlemeye başlarlar: Banyo, kahvaltı, çalışma, eve dönüş, banyo, öğle yemeği, şekerleme ve planlanan ziyareti bekledikleri odaya geçme.

Kapıyı çaldığını duyduklarında Belinha ayağa kalkar ve cevap vermeye gider. Bunu yaparken gülümseyen öğretmenle karşılaşır. Bu, ona iyi bir iç tatmin sağladı.

-Tekrar hoş geldin arkadaşım! Bize öğretmeye hazır mısınız?

-Evet, çok, çok hazır! Bu fırsat için tekrar teşekkürler! - dedi Renato.

-Haydi içeriye girelim! - Said Belinha.

Oğlan iki kez düşünmedi ve kızın isteğini kabul etti. Amelinha'yı selamladı ve işaretiyle kanepeye oturdu. İlk tavrı siyah örme bluzu çok sıcak olduğu için çıkarmak oldu. Bununla, iyi işlenmiş göğüs zırhını spor salonunda bıraktı, damlayan ter ve koyu tenli ışığı. Tüm bu detaylar, bu iki "Sapık" için doğal bir afrodizyaktı.

Hiçbir şey olmamış gibi davranarak üçü arasında bir konuşma başlatıldı.

-İyi bir ders hazırladınız mı profesör? - Amelinha 'ya sordu.

-Evet! Hangi yazı ile başlayalım? - Renato 'ya sordum.

-Bilmiyorum ... - dedi Amelinha.

-Önce eğlensek nasıl olur? Sen gömleğini çıkardıktan sonra ıslandım! - İtiraf etti Belinha.

-Ben de- Said Amelinha.

- Siz ikiniz gerçekten seks manyağısınız! Sevdiğim bu değil mi? - Efendi dedi.

Cevap beklemeden, uyluğunun addüktör kaslarını gösteren kot pantolonunu, mavi gözlerini gösteren güneş gözlüklerini ve son olarak uzun penisi, orta kalınlıkta ve üçgen kafalı mükemmel bir iç çamaşırını çıkardı. Küçük fahişelerin tepeye düşmesi ve o erkeksi, neşeli bedenin tadını çıkarmaya başlaması yeterliydi. Onun yardımıyla kıyafetlerini çıkardılar ve seksin ön hazırlıklarına başladılar.

Kısacası, bu birçok yeni şey deneyimledikleri harika bir cinsel karşılaşmaydı. Tam bir uyum içinde neredeyse kırk dakikalık vahşi seksti. Bu anlarda duygu o kadar harikaydı ki zamanı ve mekânı fark etmediler bile. Bu nedenle, Allah'ın sevgisiyle sonsuzdular.

Esasi'ye vardıklarında kanepede biraz dinlendiler. Daha sonra yarışma tarafından belirlenen disiplinleri incelediler. Öğrenciler olarak ikisi yardımsever, zeki ve disiplinliydi ve öğretmen tarafından not edildi. Eminim onaylama yolundaydılar.

Üç saat sonra, umut verici yeni çalışma toplantılarını bıraktılar. Hayatta mutlu olan sapık kız kardeşler, bir sonraki maceralarını düşünerek diğer görevleriyle ilgilenmeye gittiler. Şehirde "Doyumsuz" olarak biliniyorlardı.

Rekabet testi

Uzun zaman oldu. Yaklaşık iki aydır, sapık kız kardeşler, müsait olan zamana göre kendilerini yarışmaya adadılar. Her geçen gün, gelen ve giden her şeye daha hazırlıklıydılar. Aynı zamanda cinsel karşılaşmalar oldu ve bu anlarda özgürleştiler.

Test günü nihayet gelmişti. Hinterlandın başkentinden erken ayrılan iki kız kardeş, toplam 250 km'lik rotanın BR 232 karayolunu yürümeye başladı. Yolda, eyaletin iç kısmının ana noktalarından geçtiler: Pesqueira, Belo Jardim, São Caetano, Caruaru, Gravatá, Bezerros ve Vitória de Santo Antão. Bu şehirlerin her birinin anlatacak bir hikayesi vardı ve deneyimlerinden tamamen emdiler. Dağları, Atlantik ormanını, caatinga'yı, çiftlikleri, çiftlikleri, köyleri, küçük kasabaları görmek ve ormandan gelen temiz havayı yudumlamak ne güzeldi. Pernambuco gerçekten harika bir eyaletti!

Başkentin kentsel çevresine girerek, Yolculuğun iyi gerçekleşmesini kutluyorlar. Testi yapacakları ana caddeyi mahalleye iyi bir gezi yapın. Yolda trafik sıkışıklığı, yabancıların ilgisizliği, kirli hava ve rehberlik eksikliği ile karşı karşıyalar. Ama sonunda başardılar. İlgili binaya girerler, kendilerini tanıtırlar ve iki dönem sürecek teste başlarlar. Testin ilk bölümünde, tamamen çoktan seçmeli soruların zorluğuna odaklanırlar. Olaydan sorumlu banka tarafından iyi hazırlanmış, bu ikisinin en çeşitli detaylarını ortaya çıkarmıştır. Onların görüşüne göre, iyi gidiyorlardı. Mola verdikten sonra binanın önündeki bir restoranda öğle yemeği ve meyve suyu içmek için dışarı çıktılar. Bu anlar, güvenlerini, ilişkilerini ve dostluklarını sürdürmeleri için önemliydi.

Bundan sonra test alanına geri döndüler. Ardından etkinliğin ikinci dönemine diğer disiplinlerle ilgili konularla başlandı. Aynı hızda olmasa bile, cevaplarında hala çok anlayışlıydılar. Bu şekilde yarışmaları geçmenin en iyi yolunun çalışmalara çok şey adamak olduğunu kanıtladılar. Bir süre sonra kendilerinden emin katılımlarını sonlandırdılar. Kanıtları teslim ettiler, arabaya geri döndüler, yakındaki plaja doğru hareket ettiler.

Yolda oynadılar, sesi açtılar, yarış hakkında yorum yaptılar ve neredeyse gece olduğu için başkentin ışıklı sokaklarını izleyerek Recife sokaklarında ilerlediler. Görülen gösteriye hayret ederler. Şehrin "Tropiklerin Başkenti" olarak bilinmesine şaşmamalı. Güneşin batışı, ortama daha da muhteşem bir görünüm kazandırır. O anda orada olmak ne kadar güzel!

Yeni noktaya geldiklerinde deniz kıyılarına yaklaştılar ve ardından soğuk ve sakin sularına girdiler. Kışkırtılan duygu, neşe, memnuniyet, tatmin ve huzurun coşkusudur. Zamanın nasıl geçtiğini anlamadan, yorgun olana kadar yüzerler. Ondan sonra, hiçbir korku ve endişe duymadan, yıldızların ışığında sahilde yatarlar. Büyü onları zekice ele geçirdi. Bu durumda kullanılacak bir kelime "Ölçülemez" idi.

Bir noktada, plaj neredeyse terk edilmişken, iki kız erkeğin yaklaşımı var. Tehlike karşısında ayağa kalkmaya ve koşmaya çalışırlar. Ama oğlanların güçlü kolları tarafından durdurulurlar.

- Sakin olun kızlar! Sana zarar vermeyeceğiz! Sadece biraz ilgi ve şefkat istiyoruz! - Biri konuştu.

Yumuşak ses tonuyla karşı karşıya kalan kızlar duyguyla güldüler. Seks istiyorlarsa, neden onları tatmin etmiyorlar? Bu sanatta ustaydılar. Beklentilerine cevap vererek ayağa kalktılar ve kıyafetlerini çıkarmalarına yardım ettiler. İki prezervatif getirdiler ve striptiz yaptılar. O iki adamı çılgına çevirmek yeterliydi.

Yere düştüklerinde, birbirlerini çiftler halinde sevdiler ve hareketleri zemini salladı. Her ikisinin de tüm cinsel varyasyonlarına ve arzularına izin verdiler. Bu teslimat noktasında, hiçbir şeyi veya kimseyi umursamadılar. Onlar için, evrende önyargısız büyük bir aşk ritüelinde yalnızdılar. Sekste, daha önce hiç görülmemiş bir güç üreterek tamamen iç içe geçmişlerdi. Enstrümanlar gibi, hayatın devamında daha büyük bir gücün parçasıydılar.

Sadece tükenme onları durmaya zorlar. Tamamen tatmin olan erkekler istifa edip uzaklaştı. Kızlar arabaya geri dönmeye karar verir. Evlerine geri dönmeye başlarlar. Tamamen iyi, deneyimlerini yanlarında götürdüler ve katıldıkları yarışma ile ilgili güzel haberler beklediler. Dünyadaki en iyi şansı kesinlikle hak ettiler.

Üç saat sonra huzur içinde eve geldiler. Uyuyarak verilen nimetler için Tanrı'ya şükürler. Geçen gün, iki manyak için daha fazla duygu bekliyordum.

Öğretmenin dönüşü

Şafak. Güneş, pencerenin çatlaklarından geçen ve sevgili bebeklerimizin yüzlerini okşayacak ışınlarıyla erkenden doğar. Ek olarak, güzel sabah esintisi içlerinde bir ruh hali yaratmaya yardımcı oldu. Babamın onayıyla başka bir güne sahip olmak ne güzeldi. Yavaş yavaş, ikisi neredeyse aynı anda kendi yataklarından kalkıyorlar. Banyodan sonra buluşmaları birlikte kahvaltı hazırladıkları gölgelikte gerçekleşir. İnanılmaz derecede fantastik zamanlarda deneyimleri paylaşan bir neşe, beklenti ve dikkat dağıtma anı.

Kahvaltı hazır olduktan sonra, sütunun arkası olan ahşap sandalyelere oturup rahatça masanın etrafında toplanırlar. Yemek yerken, samimi deneyimler alışverişinde bulunurlar.

Belinha

Ablam, o neydi?

Amelinha

Saf duygu! O sevgili aptalların vücutlarının her ayrıntısını hala hatırlıyorum!

Belinha

Ben de! Büyük bir zevk hissettim. Neredeyse duyusal değildi.

Amelinha

Biliyorum! Bu çılgın şeyleri daha sık yapalım!

Belinha

Katılıyorum!

Amelinha

Testi beğendin mi?

Belinha

Onu sevdim. Performansımı kontrol etmek için can atıyorum!

Amelinha

Ben de!

Kızlar beslenmeyi bitirir bitirmez mobil internete girerek cep telefonlarını aldılar. İspatın geri bildirimini kontrol etmek için kuruluşun sayfasına gittiler. Kâğıda yazdılar ve cevapları kontrol etmek için odaya gittiler.

İçeride, iyi notayı görünce sevinçten zıpladılar. Geçtiler! Hissedilen duygu şu anda kontrol altına alınamıyordu. Çok şey kutladıktan sonra, aklına en iyi fikir geldi: Görevin başarısını kutlamaları için Usta Renato'yu davet edin. Belinha yine görevin başında. Telefonunu kaldırıp arar.

Belinha
Merhaba?
Renato
Merhaba iyi misin Nasılsın tatlı Belle?
Belinha
Çok iyi! Tahmin et az önce ne oldu.
Renato
Bana seni söyleme ...
Belinha
Evet! Yarışmayı geçtik!
Renato
Tebrikler! Sana söylemedim mi
Belinha
Her konuda iş birliğiniz için çok teşekkür ederim. Beni anlıyorsun, değil mi?
Renato
Anlıyorum. Bir şeyler ayarlamamız gerekiyor. Tercihen senin evinde.
Belinha
İşte bu yüzden aradım. Bugün yapabilir miyiz?
Renato
Evet! Bunu bu gece yapabilirim.
Belinha

Merak etmek. O halde gece saat sekizde sizi bekliyoruz.
Renato
Tamam. Kardeşimi getirebilir miyim?
Belinha
Elbette!
Renato
Sonra görüşürüz!
Belinha
Sonra görüşürüz!

Bağlantı biter. Kız kardeşine bakan Belinha mutluluktan gülüyor. Meraklı, diğeri sorar:
Amelinha
Ne olmuş yani? O geliyor mu?
Belinha
Her şey yolunda! Bu gece saat sekizde yeniden birleşeceğiz. O ve kardeşi geliyor! Seks partisi 'yık düşündün mü?
Amelinha
Bana bundan bahset! Zaten duygu ile zonkluyorum!
Belinha
Orada kalp olsun! Umarım işe yarar!
Amelinha
- Her şey yolunda gitti!

İki gülüş aynı anda ortamı pozitif titreşimlerle doldurur. O anda, kaderin o manyak ikili için eğlenceli bir gece için komplo oluşturduğundan hiç şüphem yoktu. Zaten birlikte o kadar çok aşamayı başarmışlardı ki, şimdi zayıflamayacaklardı. Bu nedenle erkekleri cinsel bir oyun olarak putlaştırmaya devam etmeli ve sonra onları atmalıdırlar. Bu, çektikleri acıyı ödeyebilecek en az ırktı. Aslında hiçbir kadın acı çekmeyi hak etmez. Daha doğrusu, neredeyse her kadın acıyı hak etmiyor.

İşe başlama zamanı. Odayı çoktan terk eden iki kız kardeş, özel arabaları ile çıktıkları garaja giderler. Amelinha önce Belinha'yı okula götürür ve ardından çiftlik ofisine gider. Orada neşe yayıyor ve profesyonel haberleri anlatıyor. Yarışmanın onaylanması için herkesin tebriklerini aldı. Aynı şey Belinha'ya da olur.

Daha sonra eve dönerler ve tekrar buluşurlar. Ardından meslektaşlarınızı kabul etmek için hazırlığa başlayın. Gün daha da özel olacağına söz verdi.

Tam olarak planlanan zamanda, kapının çalındığını duyarlar. En zeki olan Belinha ayağa kalkar ve cevap verir. Sağlam ve güvenli adımlarla kendini kapıya koyar ve yavaşça açar. Bu operasyonu tamamladıktan sonra bir çift kardeşi görselleştiriyor. Hostesin sinyali ile oturma odasındaki kanepeye girerler ve yerleşirler.

Renato
Bu benim kardeşim. Onun adı Ricardo.
Belinha
Tanıştığımıza memnun oldum, Ricardo.
Amelinha
Buraya Hoş geldiniz!
Ricardo
İkinize de teşekkür ederim. O zevk bana ait!
Renato
Hazırım! Odaya gidebilir miyiz?
Belinha
Haydi!
Amelinha
Şimdi kim kimi alacak?
Renato
Belinha'yı kendim seçiyorum.
Belinha
Teşekkür ederim, Renato, teşekkürler! Biz beraberiz!
Ricardo
Amelinha ile kalmaktan mutlu olacağım!
Amelinha
Titreyeceksin!
Ricardo

Göreceğiz!

Belinha

O zaman parti başlasın!

Erkekler kadınları birisinin yatak odasındaki yataklara taşıyarak nazikçe kollarına koydular. Mekâna vardıklarında kıyafetlerini çıkarırlar ve çeşitli pozisyonlarda aşk ritüelini başlatan güzel mobilyalara düşerler, okşama ve suç ortaklığı yaparlar. Heyecan ve zevk o kadar büyüktü ki, üretilen iniltiler caddenin karşısında komşuları skandal yaparak duyulabiliyordu. Demek istediğim, o kadar değil çünkü ünlerini zaten biliyorlardı.

En tepeden çıkan sonuç ile aşıklar, kurabiyelerle meyve suyu içtikleri mutfağa geri dönüyor. Yemek yerken iki saat sohbet ederler ve grubun etkileşimi artar. Orada olmak hayatı ve nasıl mutlu olunacağını öğrenmek ne kadar güzeldi. Memnuniyet, kendinizle iyi olmaktır ve dünyanın, başkaları tarafından yargılanamayacağının kesinliğini taşıyan deneyimlerini ve değerlerini diğerlerinden önce onaylamaktır. Bu nedenle, inandıkları maksimum değer "Her biri kendi kişisidir" idi.

Akşama doğru, sonunda vedalaşırlar. Ziyaretçiler, yeni durumlar hakkında düşünürken "Sevgili Pireneler" i daha da coşkulu bir şekilde terk ediyor. Dünya iki sırdaşa doğru dönmeye devam etti. Şanslı olabilirler!

Son

www.ingramcontent.com/pod-product-compliance
Lightning Source LLC
LaVergne TN
LVHW021051100526
838202LV00082B/5452